Analyse de l'œuvre

Par Alice Detober

L'œil du loup

Daniel Pennac

lePetitLittéraire.fr

Analyse de l'œuvre

Par Alice Detober

L'œil du loup

Daniel Pennac

lePetitLittéraire.fr

Rendez-vous sur lepetitlitteraire.fr et découvrez :

Plus de 1200 analyses
Claires et synthétiques
Téléchargeables en 30 secondes
À imprimer chez soi

L'ŒIL DU LOUP

UN ROMAN JEUNESSE EN DIPTYQUE

- **Genre :** roman jeunesse
- **Édition de référence :** *L'œil du loup*, Paris, Pocket Jeunesse, 1994, 96 p.
- **1re édition :** 1994
- **Thématiques :** rencontre entre l'Homme et les animaux, animaux parlants, histoire, amitié, regard

Daniel Pennac retrace l'histoire d'une rencontre entre un loup, Loup Bleu, et un garçon, Afrique. Cette rencontre se déroule au zoo : le garçon à l'extérieur de l'enclos, le loup dedans. Le loup, seul, erre dans sa cage. Il voit le garçon, mais ne s'ouvre pas à cette rencontre. Le garçon est tenace et réussit à obtenir le regard du loup. Le loup borgne est décontenancé par les deux yeux du garçon qui le scrutent. C'est à partir de ce moment que le garçon ferme un œil et accède à l'histoire de Loup bleu. Par les regards, Loup Bleu et Afrique se livrent l'un à l'autre. Pennac nous emmène dans une histoire touchante où les yeux des héros projettent leur vie. Cet univers fantaisiste remet en question les rapports entre l'Homme et les animaux, et démontre le pouvoir des histoires.

Daniel Pennac est un auteur connu pour ses romans de jeunesse. Avec celui-ci, l'auteur promeut un message de paix et de cohabitation entre les hommes et les animaux. Ce roman dénonce également les notions de chasse, de capture et de captivité, les animaux étant emprisonnés dans un zoo et montrés au public comme des trophées. *L'œil du Loup* a été adapté en court-métrage d'animation en 1998. Le but de la littérature de jeunesse est de faire lire les jeunes sur des sujets précis, souvent d'actualité, afin de les sensibiliser.

DANIEL PENNAC

ÉCRIVAIN MAROCAIN, FERVENT DÉFENSEUR DE LA LECTURE

- **Né en 1944 à Casablanca**
- **Quelques-unes de ses œuvres :**
  - *La fée carabine* (1987), roman jeunesse provenant de la saga *Malaussène*
  - *Comme un roman* (1992), essai
  - *Kamo, l'idée du siècle* (1993), roman jeunesse provenant de la série *Une aventure de Kamo*

Daniel Pennac, de son vrai nom Daniel Pennacchioni, est détenteur d'une maitrise ès lettres à Nice. Sa passion pour la lecture lui a été transmise par son père et s'est maintenue lors de sa scolarité en internat où l'acte de « lire » était considéré comme un acte subversif. Féru de lecture, il enseigne dans l'enseignement secondaire pendant vingt-six ans. Daniel Pennac est un écrivain multiforme, il a écrit des essais, des pièces de théâtre, des romans, des romans pour la jeunesse, des albums pour enfants, des livres illustrés et des bandes dessinées. Il écrit principalement de la littérature jeunesse pour le plus grand bonheur des enfants. Ses séries les plus notoires sont la saga des *Malaussène* et sa tétralogie *Une aventure de Kamo*. Pennac a obtenu cinq prix différents, récompensant son œuvre littéraire, dont le prix Renaudot en 2007 pour son roman autobiographique *Chagrin d'école*.

RÉSUMÉ

L'ŒIL DU LOUP : DE LA LIBERTÉ À L'ENFERMEMENT

Le garçon fixe l'œil jaune du loup. D'une description réaliste de l'œil, s'ensuit une histoire où le fantastique fait irruption. « *La pupille est vivante*. C'est une louve noire, couchée en boule au milieu de ses petits, et qui fixe le garçon en grondant » (p. 16). L'œil du loup offert au garçon est une porte ouvrant sur la vie du loup puisqu'à travers cet œil, le garçon va voir défiler la vie de Loup Bleu.

Flamme Noire, la mère de Loup Bleu, communique avec le garçon. Elle lui permet d'assister à la vie de Loup Bleu. Le garçon fait alors connaissance avec l'iris qui est composé des cinq louveteaux roux, de Loup Bleu et de Paillette. Les loups se trouvent en Alaska. Flamme Noire éduque ses louveteaux à propos de l'Homme. La leçon est interrompue par l'arrivée des chasseurs. Le père de Loup Bleu, Grand Loup, a été pris par cette même bande de chasseurs. Cousin Gris protège Flamme Noire et les louveteaux lors de leurs déplacements. Flamme Noire « racontait toujours la même histoire : celle du louveteau trop maladroit et de sa grand-mère trop vieille » (p. 24). La morale de cette histoire est de se méfier des hommes. Beaucoup d'épisodes sur la vie des loups sont racontés de manière anachronique. Les louveteaux devenus loups se demandent pourquoi les hommes les traquent incessamment. Cousin Gris leur révèle qu'ils cherchent « la petite louve à la fourrure d'or » (p. 29). Non seulement Paillette est belle, mais elle est adroite, rapide et ses capacités visuelles, olfactives et auditives sont très développées. Cependant, elle s'ennuie vite, ce qui risque de causer sa perte. Un jour, elle se montre curieuse et va observer les hommes de plus près. Lorsque Loup Bleu s'en rend compte, il veut venir en aide à Paillette, prise en otage par les chasseurs. Grâce à l'intervention de Loup Bleu, Paillette peut s'échapper du campement des chasseurs, mais Loup Bleu est fait prisonnier. Lorsqu'il se réveille, il se trouve dans un zoo. Depuis ce jour, il est resté captif, et cela durant une dizaine d'années dans cinq ou six zoos. Au départ, il était seul dans son enclos, mais un jour, il a eu la compagnie d'une louve bavarde. Loup Bleu ne souhaitait pas communiquer avec elle. En acceptant d'échanger avec la louve, il a appris que la fourrure de Paillette s'était éteinte. La louve, qu'il appelait « Perdrix des neiges », est morte une semaine avant sa rencontre avec le garçon.

L'histoire fait ensuite une ellipse, un bond en avant. La mise en abyme se referme pour laisser place au présent. Le garçon est en face du loup, ils se regardent l'œil dans l'œil. Le garçon part, laissant le loup dormir. À chaque fois que le garçon revient, le loup lui montre ses derniers souvenirs, dont l'arrivée du garçon.

La perspective change et glisse de l'œil du loup à l'œil de l'homme. C'est au tour de l'homme de se présenter maintenant ! Quel est son nom ? Il s'appelle Afrique N'Bia. Le garçon décide à son tour de raconter son histoire au loup. Alors Loup Bleu regarde l'œil de l'homme et s'y « engage comme dans un terrier de renard » (p. 47).

L'ŒIL DE L'HOMME : DE L'ABANDON HUMAIN À LA SYMBIOSE ANIMALE

On remonte au premier souvenir d'Afrique : une femme abandonne son enfant aux mains de Toa le Marchand. Cet enfant racontera des histoires.

Toa le Marchand essaye à plusieurs reprises d'abandonner l'enfant, mais le dromadaire, Casseroles, ne veut pas le laisser. Le garçon raconte des histoires à propos de son pays, du désert, de la solitude, etc. C'est pourquoi un chef touareg décida de l'appeler : « Afrique ». Toa le Marchand fait payer les histoires d'Afrique, puis il vend le chameau et Afrique du même coup... Afrique essaye sans relâche de retrouver Casseroles, mais il est maintenant devenu berger pour le Roi des Chèvres, il doit garder les troupeaux. Afrique occupe cette fonction pendant deux ans en Afrique grise. Il se fait de nombreux amis parmi les animaux : lion, guépard, etc. Un jour, le Gorille Gris des Savanes lui apprend l'existence d'une Afrique Verte avec laquelle il fera bientôt connaissance. Le lendemain, les animaux ont disparu sans traces de lutte, le garçon décide alors de partir en Afrique Verte. Il paie son voyage en racontant des histoires au conducteur. Afrique arrive enfin en Afrique Verte dans un accident de la route. Il est recueilli par M'ma Bia et P'pa Bia qui s'occupent de lui comme de leur enfant. Quand Afrique décide de raconter son histoire, il n'est plus orphelin, mais devient : « Afrique N'Bia ». L'Afrique Verte souffre de grande sècheresse et c'est ce qui pousse la famille Bia à partir pour l'Autre Monde : « P'pa Bia fut engagé par le zoo municipal, section "entretien de la serre tropicale" » (p. 85).

LA RENCONTRE VISUELLE
ENTRE UN HOMME ET UN ANIMAL

Dans un zoo, un garçon, immobile, observe un loup remuant. Depuis la mort de Perdrix des neiges, une amie louve, le loup n'a pas arrêté de tourner dans sa cage. Il est intrigué par ce spectateur inhabituel. « Les autres enfants courent, sautent, crient, pleurent, ils tirent la langue au loup et cachent leurs têtes dans les jupes de leurs mères » (p. 6). Le loup, quelque peu agacé, se pense plus patient que le garçon, mais le lendemain, le garçon est toujours là. Le loup d'Alaska a « juré ne plus s'intéresser aux hommes » (p. 8) et pourtant, il ne peut s'empêcher de réfléchir à la présence de ce garçon. Chaque jour, le garçon est là devant la cage du loup et même en ce jour de fermeture du zoo.

Dans ce zoo, Afrique retrouve plusieurs de ses copains : Casseroles le dromadaire, le guépard, l'hyène, Le Gorille Gris des Savanes... Il rencontre même Toa le Marchand qui vend des glaces. « Afrique les connaissait tous. Tous sauf un. [...] Le Loup Bleu » (p. 90). Le loup, las de ses efforts, accepte de se donner tout entier au regard du garçon. Il arrête de marcher et s'assied en face du garçon pour lui planter son regard. La bête ne veut pas faiblir, mais se sent rapidement mal à l'aise, ayant un œil de moins que le garçon. Dans la panique, l'œil mort du loup est tout larmoyant. C'est alors que le garçon ferme un œil et se met à égalité avec le loup. Au travers du regard de l'un et de l'autre, ils se livrent leur parcours de vie. Le dernier élément que le loup voit dans l'œil de l'homme est que ce dernier n'a maintenant plus qu'un œil ouvert.

Pourtant, l'œil borgne de Loup Bleu est guéri et il sait que tous ses amis sont maintenant dans le zoo ! Il décide alors d'ouvrir sa paupière et le garçon ouvre la sienne à son tour ! Un miracle inexpliqué par le vétérinaire et le docteur !

ÉTUDE DES PERSONNAGES

PERSONNAGES PRINCIPAUX

Loup Bleu

Le loup est borgne et n'a donc plus qu'un seul œil fonctionnel. Il a le poil bleu et vient d'Alaska dans le Grand Nord canadien. Sa mère brosse de lui le portrait suivant : peu bavard, sérieux, un peu triste, mais sage. Sa fratrie le trouve même un peu ennuyeux. « Tout le portrait de son père ! » (p. 19) pense Flamme Noire. Cela fait dix ans qu'il vit en captivité et il a transité dans quelques zoos avant d'arriver dans celui où il se trouve au moment de la rencontre avec le garçon. Il est d'un caractère solitaire et n'apprécie pas la compagnie d'autres animaux. Il finit par s'habituer à celle de Perdrix. Concernant, les hommes, après l'incident de Paillette, il se promet de ne plus entrer en contact avec eux. La rencontre avec Afrique est décisive pour Loup Bleu, car cela fait des années que quelqu'un ne s'était pas intéressé à lui et qu'il ne s'était pas intéressé à un homme. Lors de leur première rencontre, Loup Bleu se questionne sur la présence de ce petit homme : pourquoi cherche-t-il à s'intéresser à un vieux loup borgne ? Loup Bleu décide alors de se montrer plus fort que le petit homme, il va, lui aussi, le dévorer du regard. À partir de ce moment, Loup Bleu s'ouvre entièrement à Afrique en lui montrant sa vie. Grâce au garçon, le vieux loup fait à nouveau usage de son œil et il prend conscience du fait que tous ses amis d'autrefois, entre autres ceux qui vivaient en Alaska, sont autour de lui dans le zoo.

Afrique N'Bia

Afrique est orphelin. Il a été abandonné à la naissance par sa mère qui l'a remis aux mains de Toa le Marchand. Le garçon raconte avec vivacité les histoires de son pays. C'est pourquoi les Touaregs lui donnent le nom d'« Afrique », car il rend hommage à son pays grâce aux histoires qu'il raconte. Ce don de conteur est sa force. C'est grâce à cette capacité qu'il fera des rencontres, traversera l'Afrique et restera en vie. Contrairement au loup, il est d'un naturel jovial et altruiste. Il ne ressemble pas aux hommes, car il essaye de comprendre et de vivre en harmonie avec les animaux. Il s'intéresse aux animaux qu'il rencontre sur son trajet de vie et essaye de communiquer avec eux. Il est recueilli par les Bia qui s'en occupent comme leur fils. Lorsque P'pa Bia est engagé au zoo, le garçon se promet de rencontrer chacun des habitants de celui-ci. Cependant, un l'intrigue, Loup Bleu, c'est le seul animal qu'il ne semble pas connaitre. C'est principalement cette raison qui va lui donner la volonté de le rencontrer.

PERSONNAGES SECONDAIRES

La famille de Loup Bleu

1. Flamme Noire

Flamme Noire est la mère de Loup Bleu et de six autres louveteaux. Elle les éduque et les met en garde contre l'Homme, notamment par l'intermédiaire d'histoires. Elle incarne la mère protectrice par excellence.

2. Grand Loup

Grand Loup est le père de Loup Bleu et des six autres louveteaux. Il a été tué par les hommes. Il était d'un naturel sérieux comme Loup Bleu.

3. Paillette, la louve d'or

Paillette est la sœur de Loup Bleu et la fille de Flamme Noire et Grand Loup. Elle est le meilleur œil, le meilleur museau et la meilleure oreille de la famille. Elle est très forte à la chasse. Cependant, elle s'ennuie, rit beaucoup et s'approche dangereusement des hommes. Elle est finalement capturée par les hommes, mais heureusement délivrée par Loup Bleu. À la suite de cet incident, Loup Bleu est fait prisonnier et Paillette perd sa fourrure d'or. Perdrix raconte cette histoire à Loup Bleu et lui apprend que lorsque la louve fut éteinte, plus un jour elle ne ria.

4. Les cinq rouquins

Ce sont les cinq louveteaux, frères de Loup Bleu et Paillette, fils de Grand Loup et Flamme Noire.

5. Cousin Gris

Cousin Gris aide Flamme Noire en protégeant la meute des louveteaux et en montant la garde.

6. Perdrix, une amie de Loup Bleu

Perdrix est une louve blanche qui partage la compagnie et l'enclos de Loup Bleu. Elle est très bavarde et a connu la sœur de Loup Bleu, Paillette. Perdrix est morte une semaine avant la rencontre du loup et du garçon. Elle était d'un caractère jovial.

L'entourage d'Afrique

1. Toa le Marchand

C'est un marchand qui vit pour son bénéfice. Il ne pense qu'à abandonner Afrique ou à gagner de l'argent sur son dos, voire à le vendre. Il vendra, d'ailleurs, Afrique et Casseroles. Plus tard, Afrique le rencontre à nouveau dans l'Autre Monde. Toa le Marchand porte toujours bien son nom puisqu'il vend des glaces dans le zoo. Son sens commercial est ce qui le définit le mieux.

2. Casseroles le chameau

C'est un des chameaux de Toa le Marchand. Toa se plaint de lui, car il est très rêveur. Il n'a qu'une bosse, c'est donc un dromadaire. Casseroles est fidèle à Afrique, il ne veut pas l'abandonner, contrairement à son maitre.

3. Le Roi des Chèvres

Toa a vendu Afrique au Roi des Chèvres. Le Roi des Chèvres ne vivait que pour ses bêtes : « il avait des cheveux bouclés de mouton blanc, ne mangeait que du fromage de chèvre, ne buvait que du lait de brebis et parlait d'une voix chevrotante qui faisait frétiller sa longue et soyeuse barbiche de bouc » (p. 59-60). Afrique reste deux ans à son service en tant que berger.

4. Guépard, Gorille Gris des Savanes, Scorpion, Lion, Hyènes

Ce sont tous les amis que Loup Bleu et Afrique rencontre en Afrique et retrouve dans l'Autre Monde.

5. Les nomades ou Touaregs

Ils n'aiment pas Toa le Marchand et, au contraire, apprécient Afrique. C'est eux qui lui donnent ce nom : « Afrique », car il raconte si bien les histoires de son pays.

6. P'pa et M'ma Bia

P'pa et M'ma Bia vivaient en Afrique Verte. Ils ont soigné Afrique à la suite de son accident lors de son arrivée en pays vert. Ils sont attentionnés et ont « adopté » Afrique en lui donnant leur nom. À cause de la sècheresse, ils sont partis avec Afrique dans l'Autre Monde. P'pa Bia a été engagé au zoo dans lequel Afrique fait la rencontre de Loup Bleu, le seul animal du zoo qu'il ne connait pas encore.

CLÉS DE LECTURE

UN PORTRAIT NÉGATIF DE L'HOMME

Le livre rassemble trois temps : le temps présent de la rencontre entre Loup Bleu et Afrique au zoo, une mise en abyme de l'histoire de Loup Bleu et une mise en abyme de l'histoire d'Afrique. Dans ce roman de jeunesse, il y a une trame principale (la rencontre) qui est composée de deux sous-récits : les mises en abyme sur la vie de Loup Bleu et d'Afrique. Ces sous-récits convergent en une caractéristique fondamentale : ils dépeignent une image négative de l'Homme.

L'Homme vu par l'animal

En effet, dans le chapitre deux, les hommes sont des chasseurs. Ils traquent inlassablement la même meute, forçant le troupeau à changer de lieu. Flamme Noire raconte toujours la même histoire : celle du louveteau trop maladroit et de sa grand-mère trop vieille. Cette histoire se termine mal, car l'Homme arrive avant le Maladroit et il « tua Grand-Mère, lui vola sa fourrure pour se faire un manteau, lui vola ses oreilles pour se faire un chapeau, et se fit un masque avec son museau » (p. 26). Dans cette fable, l'homme est présenté comme un tueur, un chasseur et un voleur. En outre, l'Homme a tué Grand Loup, le père de Loup Bleu. Cousin Gris décrit les hommes comme « ayant deux pattes et un fusil » (p. 28). Flamme Noire surenchérit en disant : « les hommes ont deux peaux : la première est toute nue, sans un poil, la seconde, c'est la nôtre ». Ou bien encore : « l'Homme ? L'Homme est un collectionneur » (p. 29).

Il n'est pas étonnant que Loup Bleu soit fermé à la rencontre du garçon lorsqu'on comprend sa vie et la manière dont il a été éduqué pour comprendre ce qu'était et ce qu'est l'Homme.

En conclusion, les animaux se méfient de l'homme qu'ils voient comme des prédateurs.

L'Homme vu par l'Homme

À peine mis au monde, le garçon a été abandonné, est orphelin. Il est ensuite remis en de mauvaises mains : celles d'un marchand qui ne pense qu'à son profit, que ce soit en vendant les histoires que le garçon raconte, ou en vendant le garçon lui-même. La force du garçon est de pouvoir raconter des histoires qui émerveillent tout un chacun. Le terme « histoire » est à comprendre selon l'acceptation suivante : récit imaginaire inventé par et pour les hommes. Les histoires divertissent donc les hommes et le garçon tire toute sa force de ce don. Dans la suite du récit, le garçon est livré à lui-même. Il fait parfois de bonnes rencontres, mais est souvent abandonné. Lorsqu'il décide d'aller en Afrique Verte, il y parvient, blessé. Grâce à l'intervention des Bia, il survit. Ultime rebondissement dans la vie d'Afrique, les Bia décident de quitter l'Afrique Verte pour aller dans l'Autre Monde. Encore une fois, l'Homme est destructeur et pointé du doigt, car c'est lui qui a ordonné la déforestation massive entrainant une grande sècheresse et un dérèglement de l'écosystème. De plus, P'pa Bia est recruté dans un zoo de l'Autre Monde. Autrement dit, un endroit où les hommes tiennent en captivité des animaux, un lieu où ils collectionnent ces bêtes : « Afrique ne voyait pas trop comment on pouvait planter des animaux dans un jardin » (p. 85). La notion de « zoo » semble quelque peu contradictoire aux yeux d'Afrique. Encore un concept d'hommes ! C'est d'autant plus intéressant que le garçon rencontre justement Loup Bleu dans un zoo. Durant toute sa vie, Afrique s'est construit en opposition aux hommes, au service de ces hommes, mais n'a jamais soutenu les projets destructeurs de ceux-ci, n'a jamais partagé leurs convictions. À l'instar de Tarzan, Afrique a vécu avec les animaux en totale symbiose. C'est pourquoi il questionne le (dys)fonctionnement des hommes à collectionner des animaux, c'est-à-dire à les placer dans des zoos, dans des enclos où ils se sentent esseulés.

...**/**...

et la popularisation des zoos se feront au XXe siècle. Désormais, quiconque s'intéresse aux animaux peut leur rendre visite en échange d'un billet. À partir des années 1970, des associations naissent pour défendre le droit des animaux à être libres, à pouvoir se mouvoir et vivre en dehors d'une cage, dans un endroit qui ressemble davantage à leur milieu naturel. D'autres zoos privilégient actuellement la reproduction d'espèces menacées.

LA LITTÉRATURE DE JEUNESSE ET SES MOYENS

Quel est le message véhiculé par Daniel Pennac dans ce récit ? On peut clairement interpréter le récit comme un plaidoyer pour une meilleure entente/cohabitation entre le monde humain et le monde animal. Le récit se dénoue après communication entre ces deux mondes. La leçon du récit est la suivante : si l'homme communiquait réellement avec l'animal, plutôt que de projeter par anthropomorphisme ses propres attentes, une symbiose serait possible. La symbiose est représentée dans le livre par la guérison soudaine du loup et de l'homme qui se produit simultanément.

Il faut garder à l'esprit que ce roman de jeunesse est adressé à un public d'enfant. La littérature de jeunesse est un phénomène éditorial assez récent. Du Moyen-âge au

XVIIIe siècle, il en existait de trois types : d'apprentissage, de colportage (fables et contes) et livres d'éducation ou traités philosophiques. Il faut attendre le XIXe siècle pour que la littérature de jeunesse s'érige en tant que genre littéraire à part entière. À partir de la Seconde Guerre mondiale, la littérature de jeunesse devient un des moteurs de l'édition. Les auteurs de littérature de jeunesse ne s'adonnent qu'à ce genre littéraire et sont reconnus selon ce statut. Après la guerre, les mots et les images sont reconnus comme une arme de propagande. En effet, les livres d'enfants fourmillent de valeurs. La littérature de jeunesse revêt une grande importance dans le secteur de l'éducation. À partir des années 1990, des livres jeunesse sont conseillés pour l'apprentissage de la lecture en classe. Les programmes préconisent des livres résistants dans lesquels les sens sont multiples et dans lesquels l'imaginaire occupe une grande place. Le format est également à prendre en compte, s'il est petit, il permettra de créer une intimité avec le lecteur. Les illustrations et la relation entre le texte et l'image en général sont également un élément à prendre en compte dans la littérature de jeunesse. Pourquoi telle image s'assemble-t-elle avec telle partie du texte ? Les structures narratives varient également. Dans le cas de *L'œil du Loup*, la structure est enchâssée puisqu'il y a un récit dans le récit. Elle est également répétitive, étant donné que la première mise en abyme concerne le loup et puis l'homme et que toutes deux s'installent de la même manière au sein du récit principal – de la rencontre entre l'homme et le loup. La fin est aussi un élément à analyser : est-elle (mal)heureuse ? Ouverte/Fermée ? Dans *L'œil du Loup*, la fin est heureuse puisqu'elle prodigue la guérison simultanée des deux héros. Elle est fermée même si on pourrait tout de même imaginer une suite à celle-ci, sur la rencontre avec un autre animal du zoo, par exemple.

Parce qu'elle s'adresse à des enfants, la littérature de jeunesse propose des histoires avec des morales tacites, voire quelques fois plus explicites. Le but est qu'implicitement ou explicitement, l'enfant puisse réfléchir à un thème donné. La guérison instantanée et synchronisée de l'œil du loup et de l'œil du garçon est un indice donné à l'enfant reflétant la réconciliation entre les deux mondes. Cet élément appartient au monde de la littérature de jeunesse, car il est fantastique, magique et complètement inexpliqué. La littérature de jeunesse dit parfois les choses avec davantage de métaphores que dans la littérature pour adultes. Un adulte peut trouver ce procédé intéressant là où cette magie ne sera pas perçue comme telle par un enfant. L'univers de l'enfant jusqu'à ses 12 ans parfois même au-delà de 12 ans est un univers imaginaire. La notion de mise en abyme qui peut être considérée comme une structure complexe pour un enfant est introduite dans le récit comme un élément fantastique vu qu'elle se produit par l'intermédiaire de l'œil et de cette manière, elle est plus facilement acceptée par l'enfant. Il faut donc que la littérature de jeunesse puisse correspondre à l'univers imaginaire de l'enfant et de cette manière, elle parlera davantage à l'enfant.

LE ROMAN JEUNESSE ET LA VEINE FANTASTIQUE

L'œil du loup de Daniel Pennac est un roman de jeunesse qui correspond aux caractéristiques de ce type de roman. Ces caractéristiques ne sont pas clairement établies et définies par les spécialistes, mais nous pouvons toutefois en dresser quelques-unes.

Premièrement, le public cible du roman de jeunesse est un jeune lectorat. En outre, ce lectorat s'identifie au héros du roman de jeunesse qui est, dans la plupart des cas, un enfant ou un adolescent. Le but de ce type de roman est que les jeunes lisent des histoires qui les fassent rêver, qui les intriguent et dans lesquelles ils puissent s'identifier.

Deuxièmement, il existe plusieurs catégories de roman de jeunesse. À partir des années 1960, une veine du roman de jeunesse est envahie par la fantaisie. Dès les Golden

Sixties, l'écrivain « recourt au féérique pour mieux comprendre et expliquer la réalité » (Ottevaere-van Praag 1999 : p. 138,). Ce phénomène est observable dans *L'œil du loup*, où celui qui regarde dans l'œil de l'autre accède à sa mémoire. C'est un procédé fantastique qui permet d'introduire une mise en abyme dans le récit ; c'est-à-dire : un récit dans le récit. D'emblée, les personnages acceptent la part de magie qui réside dans le fait de parler à des animaux, voir la vie de l'autre à travers son œil, etc. De plus, « la fantaisie sert la critique sociale. » (Ottevaere-van Praag 1999 : p. 151). Dans *L'œil du loup*, il est patent que sans la communication entre le loup et le garçon, autrement dit sans l'échange entre l'animal et l'homme, la critique sociale se dessinerait moins clairement. La fantaisie, en l'occurrence dans ce récit, est le fait que la faculté de parole donnée aux animaux serve de critique sociale puisque le loup délivre directement son témoignage sur son parcours de vie. Les commentaires ayant trait à l'attitude de la meute par rapport aux hommes, la façon de vivre des loups et leur mode de fonctionnement pour éviter l'homme sont bien plus explicites lorsque les animaux ont le don de la parole. Les écrivains « dotent les animaux d'une pensée logique et de la parole [...] et montrent la supériorité morale de la bête sur l'homme. L'animal, vulnérable et bon, est à présent la victime de l'homme » (Ottevaere-van Praag 1999 : p. 160). Dans ce roman de jeunesse, le merveilleux s'insinue donc dans le réel.

Troisièmement, dès les années 1970 et ce jusque dans les années 2000, le roman rétrospectif fait son apparition au sein de la littérature de jeunesse. Celui-ci permet au personnage de raconter son histoire et de l'idéaliser. Dans *L'œil du loup*, le loup et le garçon racontent, chacun à leur tour, leur histoire. Deux récits rétrospectifs sont donc intégrés dans la trame spatiotemporelle générale de la rencontre du garçon et du loup au zoo. Alors que les souvenirs de l'un semblent meilleurs que la réalité, les souvenirs de l'autre paraissent pires que le présent de la rencontre. En effet, le loup est nostalgique de sa vie hors captivité alors que le garçon a trouvé un foyer dans l'Autre Monde et dans le zoo, il retrouve tous ses compagnons de route. Le garçon a donc réussi à sortir de son « état initial d'abandon » (Ottevaere-van Praag 1999 : p. 227).

En conclusion, dans *l'œil du loup*, l'existentiel et le merveilleux se mélangent afin de permettre aux héros d'avancer dans leur parcours de vie. En effet, le loup finit par ouvrir son deuxième œil et sort du même coup de sa solitude en observant tous ses anciens compagnons de route qui peuplent le zoo.

PISTES DE RÉFLEXION

QUELQUES QUESTIONS
POUR APPROFONDIR SA RÉFLEXION...

- Quel est le portrait de l'homme dépeint dans ce livre ? Établissez un tableau reprenant toutes les caractéristiques distillées dans le récit se rapportant à l'homme et classez-les en deux catégories : dénotation/connotation (qu'est-ce qu'on lit et que peut-on en comprendre ?).

- Quelles sont les caractéristiques qui permettent de distinguer le roman de jeunesse du roman ? Justifiez.

- En quoi ce roman s'inscrit-il dans la veine fantastique du roman de jeunesse ? Expliquez en reprenant les éléments d'analyse vus dans cette fiche.

- Reprenez les chapitres et sections du livre et placez-les sur une ligne du temps. Que remarquez-vous à propos de la chronologie ? Expliquez.

- Retracez le parcours qu'effectue Afrique sur une carte du monde, de sa naissance à son arrivée dans le zoo. Relevez les caractéristiques de ces différentes parties de l'Afrique (Quels animaux y vivent ? Comment y sont la nature, le climat, les ressources disponibles ?).

- Brossez le portrait moral de Loup Bleu et le portrait physique de Paillette.

- Explicitez en quoi l'endroit dans lequel se déroule la rencontre, le zoo, est l'allégorie de la relation entre l'homme et l'animal.

- Repérez les mises en abyme et expliquez comment elles sont introduites dans le livre.

- Relevez les mots se rapportant au champ lexical de la vue. Pourquoi ce sens est-il prépondérant dans cette histoire, que traduit-il ?

- Retracez l'arbre généalogique de la famille de Loup Bleu et coloriez chacun de ses membres dans les bonnes couleurs (pour un public d'enfants du primaire, Flamme Noire, Cousin Gris, Loup Bleu, Paillette, les cinq rouquins).

POUR ALLER PLUS LOIN

ÉDITION DE RÉFÉRENCE

- PENNAC D., *L'œil du loup*, Paris, Pocket Jeunesse, 1994, 96 p.

ÉTUDES DE RÉFÉRENCE

- BEAU N., *Les 1001 livres d'enfants qu'il faut avoir lus pour grandir*, Paris, Flammarion, 2013.

- DEVRIÉSÈRE V., *Littérature de jeunesse et stéréotypes d'Européens*, Paris, L'Harmattan, 2017.

- OTTEVAERE-VAN PRAAG G., *Histoire du récit pour la jeunesse au XXe siècle (1929-200)*, trad. de l'allemand, Bruxelles, Peter Lang, 1999.

Votre avis nous intéresse !
Laissez un commentaire sur le site de votre librairie en ligne
et partagez vos coups de cœur sur les réseaux sociaux !

lePetitLittéraire.fr

- un résumé complet de l'intrigue ;
- une étude des personnages principaux ;
- une analyse des thématiques principales ;
- une dizaine de pistes de réflexion.

**Retrouvez
notre offre complète sur
lePetitLittéraire.fr**